D1472905

LETRAS ROBADAS

Editor de Océano Travesía: Daniel Goldin

© 2013 Triunfo Arciniegas, por el texto
© 2013 Claudia Rueda, por las ilustraciones

Diseño: Rodrigo Morlesin

D.R. © Editorial Océano, S.L.
Milanesat 21-23, Edificio Océano
08017 Barcelona, España
www.oceano.com

D.R. © Editorial Océano de México, S.A. de C.V.
Blvd. Manuel Ávila Camacho 76, piso 10
11000 México, D.F., México
www.oceano.mx
www.oceanotravesia.mx

Primera edición: 2013

ISBN: 978-607-400-962-0
Depósito legal: B.7380-LVI

Reservados todos los derechos. Ninguna parte de esta publicación puede ser reproducida,
almacenada o transmitida por ningún medio sin permiso del editor. Cualquier forma
de reproducción, distribución, comunicación pública o transformación de esta obra sólo
puede ser realizada con la autorización de sus titulares, salvo excepción prevista por
la ley. Diríjase a CEDRO (Centro Español de Derechos Reprográficos, www.cedro.org)
si necesita fotocopiar o escanear algún fragmento de esta obra.

HECHO EN MÉXICO / *MADE IN MEXICO*
IMPRESO EN ESPAÑA / *PRINTED IN SPAIN*

9003603010613

LETRAS ROBADAS

WITHDRAWN

Triunfo Arciniegas y Claudia Rueda

Fitchburg Public Library
5530 Lacy Road
Fitchburg, WI 53711

OCEANO travesía

Soy Clara y dicen que soy rara.
Me gustan las hojas secas y los murciélagos,
los trompos, los dientes y las letras,
la lluvia y los días de clase.

Bailo el trompo mejor que los muchachos
y colecciono dientes en un frasco transparente.
Ahora todos me traen los dientes perdidos
y me preguntan si tengo negocio con los ratones.

Los sábados no voy a la escuela,
sino al mercado con mamá.
Me lleva para que le ayude con el cuento de las cuentas
y para que le recuerde qué cosas nos quedan por comprar.
Me encanta leer aunque a veces
me trago letras y palabras enteras
y se me olvidan los puntos y las comas.
"¿Qué vas a hacer con tantas letras en la barriga?",
me pregunta la profe Rosita, riéndose,
con las manos en la cabeza.
Y su risa me hace reír.

No conozco a nadie a quien le guste tanto la escuela.
Los días de clase son los más felices.
¿Será por eso que dicen que soy rara?
La profe Rosita me divierte más que nadie.
Cuando se despeina de tanto agarrarse la cabeza,
le digo que las palabras me saben a mermelada,
pero que los puntos y las comas no saben a nada.
"Ay, Clara, de verdad eres rara."

El carnicero dice que me veo grande y fuerte.
"Grande y fuerte, pero algo rara", responde mamá.
"Esta niña necesita proteínas",
dice el carnicero, como si fuera un médico.
El carnicero tiene mucha carne por vender.

"¿Qué tal la niña?", dice doña Lupe.
"En las nubes", responde mamá.
"Le tengo lo que necesita", dice doña Lupe.
"Fósforo, señora, fósforo."
Doña Lupe tiene muchos pescados por vender.

"Qué bonita la niña", dice doña Carmen.
"Pero necesita calcio."
Por acá todo el mundo amaneció con palabras raras.
Doña Carmen le pregunta a mamá
qué voy a hacer cuando sea grande.
Me toco el diente flojo con la punta de la lengua
porque así pienso mejor,
pero no encuentro una respuesta.
"Es un misterio", dice mamá.

El mundo es un misterio.
Veo historias en todas partes.
Veo otras cosas que a nadie le importan.
Le pregunto a mamá si no estamos en el lugar equivocado.
"Este mercado se volvió un zoológico."
"Ay, Clara, de verdad eres rara", dice mamá.
Sólo espero que no nos encontremos con un tigre suelto.

Me embriagan los olores, los colores, los sabores.
El mundo es una delicia.
Huelo, saboreo, leo.
"A ver, Clara, ¿qué nos falta?"
Consulto con el diente flojo
y el diente no sabe nada.
"Mamá, no me distraigas."
"Ay, Clara..."

Yo sigo con mis propias preguntas.
¿A dónde van las letras?
Una letra sola casi no es nada.
Una letra tiene sentido si se junta con otras.
¿Y será cierto que los ratones
también coleccionan dientes?
Algún negocio podríamos hacer.

La profe Rosita se va a morir de risa
cuando le cuente esta historia.

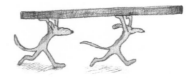

Quizá no soy tan rara.
Otros también coleccionan dientes
y van a clase los sábados.

No sería mala idea volver el otro sábado
con mi frasquito de dientes.